Der grüne Zeitkristall

AF189077

Ein leeres weißes Blatt Papier
ist von kosmologischer Energie
und vom Dao erfüllt!

Heinz-Theodor Gremme

Der grüne Zeitkristall

Eine in sich geschlossene
kleine Fortsetzung des
Büchleins „Elfenrose"

Fantasy-Kurzroman

Bibliografische Information der Deutschen Nationalbibliothek:
Die Deutsche Nationalbibliothek verzeichnet diese
Publikation in der Deutschen Nationalbibliografie;
detaillierte bibliografische Daten sind im Internet
über http://dnb.dnb.de abrufbar.

Umschlagbild: Heinz-Theodor Gremme

Herstellung und Verlag: BoD – Books on Demand,
Norderstedt

ISBN: 9783748171232

Inhaltsverzeichnis

Vorwort

Als ich mit diesem Roman im November 2017 begann, waren wir bei der *Elfenrose* noch mitten in den Dreharbeiten. 2018 sollten die restlichen Inlandsdreharbeiten fertig werden, und in 2019 soll es nach Island gehen. Vor 2020 würde unser Film wohl nicht fertig werden.

Am 10.11.2017 waren viele aus unserem Team im Katielli-Theater in Datteln zu einer der wundervollen Aufführungen des Musicals *Blutsbrüder*, in dem Markus Kloster, unsere Hauptrolle *Eiki* in der *Elfenrose*, ebenfalls eine der Hauptrollen spielt. Wir hatten die erste Reihe fast ganz gefüllt und am Schluss natürlich Rosen auf die Bühne geworfen. Nach der Aufführung standen wir noch eine Weile im Foyer des Theaters und feierten unseren Markus. Wir unterhielten uns auch über die Dreharbeiten und darüber, was für ein besonderes Team wir sind. Da waren wirklich ganz wundervolle Menschen zusammengekommen, die alle sehr herzlich miteinander umgingen – genau das war ja auch die Message unseres Films, mehr Herzenswärme in die Welt zu tragen.

Silke, im Film unsere weibliche Hauptrolle, die wunderschöne Elfe *Elka*, meinte, dass wir zu einer richtigen großen Familie geworden sind und was wir denn nur machen, wenn alles abgedreht ist! Das würde sicher weht tun. Das ist übrigens in vielen Filmproduktionen so, wenn die Menschen auseinander gehen, die zum Teil Jahre an einem Film gearbeitet haben.

Mir war das schlagartig klar und mir rutschte so raus: „Nun, dann schreibe ich den zweiten Teil!" Ich war mir über die Tragweite dieses Satzes natürlich im

Klaren, denn noch einmal solch eine Kraftanstrengung, daraus dann ein Drehbuch zu fertigen und danach einen Film, wäre uns natürlich nicht möglich. Außerdem würde sich diese kleine Geschichte nicht für eine Verfilmung eignen. Es war auch eine Erleichterung für mich, nicht darauf achten zu müssen, dass es verfilmbar bleibt! Aber eine kleine Fortsetzung in Buchform als Aufmunterung und als kleines Geschenk für unser Team und auch sonst für alle treuen Leserinnen und Leser, die Freude an diesem kleinen Text haben, wäre so ein Kurz-Roman doch eine schöne Idee. Was wie ein reizvoller Spaziergang durch die Jahreszeiten beginnt, nimmt plötzlich eine dramatische Wendung. Es müssen schwierige Aufgaben gelöst werden, damit die *Elfe der Zeit* endlich frei werden kann, denn sie ist bislang in sich selbst gefangen. Sie ist schließlich nicht nur die Repräsentantin der Zeit, sondern auch die Zeit selbst.

Ja, die *Zeit*, genau darum soll es in diesem Kurz-Roman gehen. Unsere *Elfe der Zeit* hatte im Roman *Elfenrose* gar keinen Namen. Aber wenn sich die Zeit eine Repräsentantin sucht, dann sollte diese auch einen Namen haben – niemand sollte ohne Namen bleiben! Was halten Sie von *Elin*?! Es ist ein isländischer Name – ein sehr schöner, finde ich. Außerdem ist die *Elfe der Zeit* ganz allein, ja, eine Gefangene der Zeit – in sich selbst verloren, das finde ich abgrundtief traurig und das kann nicht so bleiben!

Ich habe lange überlegt, wie ich das anstellen könnte, und sogar noch eine Möglichkeit gefunden, der *Elfe der Zeit* in den laufenden Dreharbeiten zum Film *Elfenrose* eine Szene ins Drehbuch zu schreiben, in der sie den Namen *Elin* bekommt. Als Dank dafür küsst sie Eiki und verleiht ihm mit diesem Kuss eine Lebensspanne von mindestens 600 Jahren. Somit haben Eiki und seine Elka die gleiche ungefähre Lebenserwartung. Das Problem war somit auch gleich gelöst.

Und für dieses Buch? – Elka und Eiki tauchen in dieser Geschichte nur ganz am Rande auf. Ja, und Eikis Vater Arnes? Er hatte im ersten Teil nur eine kleine Nebenrolle, da könnte ich ja mal eine Hauptrolle draus machen, zusammen mit Elin, der *Elfe der Zeit*. Da dieses Büchlein eine in sich geschlossene, kleine Fortsetzung des Fantasy-Kurzromans *Elfenrose* ist, hier eine Inhaltsangabe der *Elfenrose*:

Eiki, ein neugieriger junger Mann, lebt in Island, dem Land der Elfen und Trolle. Viele Menschen glauben hier an die Existenz dieser Wesen. Eiki hat schon lange den Verdacht, dass Elfen als Menschen getarnt in Island leben, und er hofft, das mit der wunderschönen Elka, in die er schon lange heimlich verliebt ist, herausfinden zu können.

Elka ist tatsächlich eine Elfe, aber Eiki ahnt nicht, wer Elka wirklich ist: Sie ist das mächtigste Wesen des Elfenreiches. Sie ist die Elfe der Morgendämmerung und sieht sich in jedem Jahr aufs Neue die Menschenwelt an. Elka hat die unendlich schwere Aufgabe, durch das Spielen oder Nichtspielen einer magischen Flöte zu entscheiden, ob die Menschheit noch ein weiteres Jahr existieren darf. Die Menschenwelt und die Welt der Elfen sind zwei Welten, die unterschiedlicher nicht sein könnten – geht die eine unter, wird die andere folgen.

Elka liebt die Menschen, aber sie zerbricht an dem, was sie in der Menschenwelt sieht. Größer könnte der Konflikt, in den sie gerät, gar nicht sein, denn sie verliebt sich in Eiki. Es kommt die dunkelste Stunde ihrer Seele – sie kann ihre magische Flöte nicht spielen und somit wird die Zeit für alles Leben enden.

Elka weiß nicht, dass ihre Freundinnen, die wunderschöne Wassernymphe Marana und die kleine, süße Baumfee Nayi, Eiki heimlich verbotenes Wissen gegeben haben. Damit kann er zur Elfe der Zeit reisen. Eiki gerät in einen wahren Alptraum – seinen Alptraum aus vielen Vollmondnächten. Eiki wird dort zum Hoffnungsträger, zum Botschafter der Menschlichkeit, aber kann das gelingen? Eine kleine rote Rose verändert alles. Ganz wenig ist plötzlich unendlich viel. Ein Lächeln kostet nur ein Lächeln und kann die Welt verändern. Sollte ich Sie nun neugierig gemacht haben – das Buch Elfenrose ist im Buchhandel erhältlich. Weitere Infos dazu auf Seite 50.

Viel Spaß nun mit dieser sehr kurzen Fortsetzung wünscht Ihnen von Herzen
Theo Gremme

Prolog

So steht es in einem sehr alten Buch,
das einst jenseits der Zeit geschrieben wurde:

Das Licht ruhte in sich selbst
Es war Alles
Trotzdem hatte es Sehnsucht
Es wollte kreativ sein
Es träumte von
Musik
Gesang
Tanz
Bewegenden Worten
Herzenswärme
Hilfsbereitschaft
Aufrichtiger Freundschaft
Wahrer Liebe
All dies war das Licht
Es gab Feuer, Wasser, Erde, Luft
Aber es ging nicht
Es bewegte sich nicht
Das alles wollte nicht herauskommen
Es fehlte noch etwas
Das Licht hatte einen Traum

Und es erschuf die Zeit

Erstes Kapitel – Igor

Kater Igor war mit sich und der Welt sehr zufrieden. Dass er Luise, eine süße, kleine, magische Maus, nicht zum Verspeisen bekam, hatte er längst begriffen. Er lag schnurrend auf seiner Decke auf der warmen, breiten Fensterbank über der Heizung und genoss die Strahlen der Abendsonne. Elka hatte sich auf den Teppich gelegt, um zu beruhigender Musik aus dem Elfenreich zu entspannen. Die CD konnten nur Elka und Igor hören, denn die Musik erklang in ihren Seelen und in ihren Herzen. Über die Ohren war nichts wahrnehmbar. Igor wusste, weil er ein paar Sekunden in die Zukunft blicken konnte, was er in wenigen Augenblicken tun würde. Er würde sich von seiner geliebten Fensterbank erheben, zu Elka schleichen, auf ihren Bauch steigen, sich dort zusammenrollen, besonders beruhigend schnurren und Wärme spenden. Er verwandelte nun diese nahe Zukunft in die Gegenwart und Elka musste lächeln. Sie öffnete ihre Augen nicht, als sie ihren Seelenfreund spürte.

Eines Nachts, es war eine Vollmondnacht, schliefen Elka und Eiki, nah aneinander gekuschelt, oben in Eikis gemütlichem Zimmer. Beide wechselten nun oft ihren Aufenthaltsort. Mal waren sie in Elkas kleinem Haus im sogenannten *Nebenan,* einer Zwischenwelt. Manchmal schliefen sie einfach im Wald im Elfenreich oder dort auf einer Wiese und bestaunten noch lange den Sternenhimmel.

Igor hatte es diesmal doch noch geschafft, sich nach viel Herumwuseln zwischen beide zu quetschen, und er schnurrte wie ein Dieselmotor. Wie gesagt, er konnte ein paar Sekunden in die Zukunft sehen und hörte schlagartig auf zu schnurren. Etwas stimmte nicht! Er sprang behutsam auf, ohne Elka und Eiki zu wecken, und sprang auf die Fensterbank, um in den Garten mit der Wiese zu blicken. Katzen können in andere Dimensionen blicken und daher sah Igor, dass die Wiese magisch verändert war. Er sah noch etwas beziehungsweise jemanden – Arnes, Eikis Vater, stand mitten auf der Wiese im goldenen Mondlicht inmitten eigenartiger, wunderschöner Blumen, aus denen kleine, goldene Funken schwebten, langsam auf Arnes zuflogen und sich vor ihm zu einem Wesen verdichteten, einer wunderschönen Elfe. Sie trug ein buntes Gewand, an dem viele kleine Uhren und goldene Zahnräder befestigt waren. Auch Armbänder mit Zahnrädern zierten ihre schlanken Hände und Unterarme. Eine kupferfarbene Halskette aus einem offenen Uhrwerk, Zahnrädern und Uhrzeigern schmückte ihren Hals. Ihre Haut war ebenmäßig und leuchtete wie weißer Marmor. Ja, und sie hatte im Mondlicht rötliche, schulterlange, seidige Haare und ein Lächeln, in das sich selbst Steine augenblicklich verlieben würden. Igor stand voll auf rote Haare, aber das wusste natürlich sonst niemand. Elka hatte blonde Haare, die mochte er auch total, weil sie eben Elkas Haare waren. Igors Augen funkelten nun aufgeregt!

Die schöne Elfe stand nur einen Meter von Arnes entfernt und lächelte ihn etwas unsicher an.

„Ich darf eigentlich gar nicht hier sein!", sagte sie mit leiser, wohlklingender Stimme.

„An wen sollte ich das verraten?", sagte Arnes genauso leise. Die schöne Elfe, Elin war ihr Name, war nun sehr verlegen und fast etwas ängstlich.

„An das *Licht*?!", sagte sie heiser. Arnes lächelte mild und meinte: „Wie könnte ich das? Und warum? – Sei unbesorgt, niemand wird dich verraten. Ich habe übrigens geahnt, dass in dieser Nacht irgendetwas Elfenmagisches passieren würde. Also fühl dich herzlich willkommen in meinem so zauberhaft verwandelten Garten." Arnes bedeutete Elin, sich auf einen Baumstamm zu setzen, der als recht bequeme Sitzgelegenheit auf der Wiese lag. Sie sah ihn dankbar an, und beide setzen sich dort nebeneinander nieder. Sie saßen eine Weile beieinander, ohne zu reden, als wolle niemand diesen verzauberten Augenblick beenden. Elin merkte Arnes' Fragen in ihrem Herzen und sagte leise: „Ich bin Elin, die *Elfe der Zeit*!" Arnes stand augenblicklich auf, verneigte sich tief vor Elin und sagte ehrerbietig: „Ich verneige mich vor dir, Elin, *Elfe der Zeit*. Ich habe von dir gehört und weiß, dass du nicht nur eine Elfe, sondern die Zeit selbst bist. Neliola, eine Baumfee, mit der ich einst eine sehr innige Freundschaft pflegte, gab mir in einer besseren Zeit dieses Wissen." Bei diesen Worten setzte sich Arnes wieder neben Elin auf den Baumstamm, die ihn wissend traurig ansah, denn wieder konnte sie in seinem Herzen lesen und fand dort Trauer und Schmerz.

„Es tut mir leid, dass du so allein bist", flüsterte sie fast. „Du musst auch sehr einsam sein, Elin, denn du bist die Zeit – eine Gefangene der Zeit", entgegnete Arnes auch sehr leise. Elin fühlte sich ertappt und berührt, sah Arnes mit ihren großen, leuchtend grünen Augen an – eine Träne rann über ihre Wange.

„Nichts geschieht, was nicht geschehen soll", meinte Arnes verständnisvoll. Elin wischte sich vorsichtig lächelnd die Träne fort und entgegnete. „Und vielleicht leuchtet ja ein Stern über der Stunde unserer Begegnung!"[1] Elins Augen leuchteten nun wie zwei grüne Leuchtkristalle, und sie begann zu erzählen, denn sie spürte die vielen unausgesprochenen Fragen in Arnes Herz.

„Ja, du hast es sofort erkannt. Ich bin gefangen in mir selbst. Ohne die Zeit kann nichts geschehen, sich nichts bewegen, keine Freundschaft oder Liebe geschehen – nichts geht ohne die Zeit. Deswegen hat mich das Licht erschaffen. Es steht geschrieben im alten Buch der Zeit:

Das Licht ruhte in sich selbst

Es war Alles

Trotzdem hatte es Sehnsucht

Es wollte kreativ sein

Es träumte von

Musik

Gesang

Tanz

Bewegenden Worten

---

[1] Er leuchtet tatsächlich am Himmel, siehe Seite 52

Herzenswärme
Hilfsbereitschaft
Aufrichtiger Freundschaft
Wahrer Liebe
All dies war das Licht
Es gab Feuer, Wasser, Erde, Luft
Aber es ging nicht
Es bewegte sich nicht
Das alles wollte nicht herauskommen
Es fehlte noch etwas
Das Licht hatte einen Traum

Und es erschuf die Zeit

Das ist schon die ganze Wahrheit, das ganze Geheimnis um mich und die Zeit. Ich ermögliche erst alles, bin aber selbst von all diesen Dingen und Wundern ausgeschlossen. Ja, und deswegen unternehme ich verbotene, kleine Ausflüge in die vielen unterschiedlichen Dimensionen und Welten, aber nie bin ich dort einem Wesen begegnet, was anscheinend auf mich gewartet hat! Ich bin auf meinen kleinen Sprüngen in andere Dimensionen bisher niemandem begegnet, und das hat mich immer trauriger und mutloser gemacht."
Arnes legte vorsichtig seine Hand auf die ihre, unterbrach sie aber nicht.
„Warum nur hat mich die Elfenmagie gerade zu dir, in deinen Garten gebracht? Irgendwas muss anders sein als sonst! Irgendetwas hat mich richtig angezogen.", sinnierte sie.
Arnes wusste es urplötzlich und erschrak regelrecht darüber. Er spürte plötzlich den Zeitkristall, den ihm Neliola, die Hüterin des Baumes der Zeit, aus dem heiligen Wald Unoron einst mitgebracht hatte, in sei-

ner Westentasche ganz warm, ja fast heiß werden! Seit Neliola zu seinem großen Schmerz und großer Trauer vor einigen Jahren ins Mondlicht gegangen war, hatte er den Zeitkristall zwar ständig bei sich getragen, ihn aber niemals mehr verwendet, weil es ihm ohne Neriola damit zu reisen keine Freude gemacht hatte.

„Ich glaube, ich kann das erklären!", sagte Arnes mit einem tiefen Atemzug, förderte den in einem grünlichen Farbton leuchtenden Zeitkristall zu Tage und hielt ihn der darauf völlig unvorbereiteten Elin hin, die natürlich sofort wusste, dass es sich um einen ganz besonderen Zeitkristall handelte. Sie kannte sich damit aus, sie war schließlich die Zeit! Sie wusste auch sofort, dass Arnes diesen Kristall rechtmäßig sein Eigen nennen konnte, denn nur mit einem reinen Herzen konnte man so einen Kristall besitzen. „Neliola war die Hüterin des Baumes der Zeit, im heiligen Unterwasserwald Unoron, im Meer vor der Insel Terramaris im Niemandsland zwischen den Welten, auf der niemand für die Dauer seines Aufenthaltes alterte, an deren Ästen diese Kristalle wachsen," erklärte Arnes, obwohl das eigentlich gar nicht nötig gewesen wäre, Elin wusste auch das und sagte, den Kristall betrachtend, fast andächtig: „Der ist etwas ganz Besonderes! Damit vergeht nicht nur keine Zeit für die Dauer einer Unternehmung, sondern man kann damit auch im Raum und Zeit reisen. Das bedeutet, an jeden Ort, an den man gerade denkt, und man kann auch bis zu fast einem Jahr in den Jahreszeiten umherspringen! – Das ist so großartig und der Traum jeden Wesens. Ja, damit könnten wir alles sehen und erleben, was ich nie zu träumen gewagt habe!", japste sie atemlos. Arnes freute sich unbändig über die Begeisterung von

Elin und sagte erfreut: „Ich lade dich von ganzem Herzen dazu ein, Elin, *Elfe der Zeit*!"

Elin weinte nun, als wenn sich alle Schleusen ihrer Gefühle geöffnet hätten, aber es waren Freudentränen! Sie, die Gefangene in sich selbst, würde, wenn auch nur jeweils für kurze Zeit, aus ihrem Gefängnis ausbrechen können und alles kennenlernen dürfen, was durch die Zeit überhaupt erst möglich war.

Zeitkristalle hatten noch viel mehr angenehme Begleiteffekte, wenn man damit auf Reisen ging. Wenn man zum Beispiel in den Winter reiste, so konnte man dies in der Kleidung tun, die man gerade trug. Man würde niemals frieren, obwohl der Schnee natürlich kalt sein würde, wenn man ihn berührte. Der dem Kristall innewohnende Kleidungszauber ging sogar so weit, in bestimmten Situationen die Kleidung automatisch der Umgebung und Jahreszeit anzupassen, wenn dies zweckmäßig oder gar notwendig erschien. In einem kristallklaren, warmen See oder Meer schwamm man ja nicht gern in Gewändern oder Ähnlichem.

Dier Kristall war durch und durch magisch. Er leuchtete, wie gesagt, in einem unvergleichlichen Grün, ansonsten war er klar und rein wie Bergkristall. Wenn man ihn etwas drehte, verschwand das farbige Leuchten langsam, und er wurde wasserklar und völlig farblos. Wenn man ihn noch weiter drehte, verschwand er scheinbar ganz – man fühlte ihn zwar noch in der Hand, aber er war unsichtbar geworden, und in genau dem Moment begann die Reise an den Ort, an den man gerade gedacht hatte.

Elin war voller Vorfreude und konnte es kaum abwarten. Beide überlegten nun, wie es losgehen sollte. Arnes schlug eine Reise durch die Jahreszeiten vor, und Elin war entzückt von dieser für sie mehr als nur reizvollen Idee. Die großen und auch die ganz kleinen Wunder der Jahreszeiten zu erleben, war immer schon ihr Traum gewesen, der bisher völlig unerfüllbar war.

Igor hatte oben am Fenster auf der Fensterbank nicht nur alles mit angesehen, sondern auch alles, dank seines magischen Gehörs, akustisch mitbekommen. Er konnte durchaus Dinge für sich behalten, aber diesmal hielt er es für besser, wenn Elka und Eiki auch sahen, was hier im Gange war. Er tapste geschwind zu den beiden zurück, sprang zunächst auf Elkas Bauch und von da aus auf den von Eiki. Beide erwachten sofort und so, wie sich Igor aufführte, wussten beide sofort, dass irgendetwas im Gange war. Beide folgten Igor zum Fenster, der sofort wieder oben auf der Fensterbank war. Alle Drei bekamen gerade noch mit, wie Elin und Arnes in einer goldenen Funkenwolke verschwanden.

„Das war Elin!", keuchte Eiki außer Atem, der sie sofort von seinen Abenteuern im Elfenreich wiedererkannt hatte. „Und Arnes!", japste Elka, die nach dem Schnellstart aus dem Bett noch ganz außer Atem war. Beide sahen sich grinsend an und Elka meinte: „Und ich habe einen Zeitkristall leuchten sehen! Endlich hat Arnes jemanden gefunden, mit dem er ihn wieder benutzen kann. Ich freue mich so für ihn, denn er war schon so lange allein."

„Und ich freue mich für Elin, denn sie ist die einsamste Elfe im Universum!", sagte Eiki leise zu Elka.
Igor sah zwischen den beiden hin und her und war offenbar zufrieden, dass die beiden den Vorfall billigten. – Einer musste ja schließlich aufpassen, was so um das Haus herum passierte. Als Elka ihn lobend hinter den Ohren kraulte, begann er zufrieden zu schnurren. Die Welt war so für ihn in Ordnung.

Zweites Kapitel – Winter

Das Erste, was beide sahen, raubte ihnen fast den Atem. Elin hatte noch keine der Jahreszeiten mit eigenen Augen gesehen, aber sie wusste sofort, dass ihr der Winter über alle Maßen gefiel. Es waren die Weite, die Klarheit und der Schnee auf den Berggipfeln, was sie sofort faszinierte und etwas in ihr anrichtete, das sie niemals wieder vergessen konnte – das Gefühl grenzenloser Freiheit! Sie hielt immer noch Arnes Hand. Für eine Reise mit einem Zeitkristall musste Körperkontakt bestehen. Aber noch ließ sie seine Hand nicht los, denn sie hatte Angst, sich in dieser neuen Freiheit zu verlieren – sie brauchte einen Gefährten durch diese neuen Welten, der sie behutsam führte, und sie wusste, in Arnes einen treuen, verantwortungsvollen Begleiter, der sie nicht überfordern würde, gefunden zu haben. Beide standen still nebeneinander und nahmen die Umgebung immer mehr in sich auf. Sie atmeten die klare, kalte, aber unvergleichlich gute Luft tief ein. Der Zeitkristall hatte auch ihre Kleidung angepasst. Beide trugen bequeme, thermomagische Kleidung elfischer Herkunft. Elin sah mit der aus beigem Baumpelz besetzten Kapuze der warmen Winterjacke richtig süß aus! Es schneite etwas und die winzigen Schneeflocken glitzerten auf ihren, aus der Kapuze vorstehenden Haaren. Arnes sah sie an und musste unwillkürlich lächeln – Elin sah nun so menschlich aus, ihre spitzen Ohren unter der Kapuze verborgen. Sie hielt die freie Hand mit der Handfläche nach oben geöffnet vor sich ausgestreckt und kicherte etwas, als die fallenden Schneeflocken auf die Handfläche trafen und dort langsam schmolzen. Da sie die Zeit war, ließ sie die Flocken nun sehr langsam fallen, damit sie sie mit einem magisch vergrößernden Blick näher betrachten konnte. Elfen sind nämlich unglaublich neugierig! Plötzlich erkannte sie mit einem kleinen, entzückten Aufschrei, dass die Schneeflocken aus kleinen, funkelnden Eissternchen in den unterschiedlichsten Formen bestanden und wunderschön aussahen. „Oh, beim *Licht*! Sehen die schön aus!", sagte sie nur andächtig. Dann ging ihr Blick in die Ferne. Beide standen auf einer Bergkuppe, zum Teil über den umgebenden, schneebedeckten Gipfeln. Unten im Tal leuchtete förmlich die grünliche Wasserfläche eines kristallklaren Bergsees. Das Sonnenlicht, die Nebel und Wolken spielten mit der Landschaft ein bewegendes Spiel. Licht und Schatten wechselten schnell und verzauberten diesen perfekten Augenblick. „Gehen wir ein Stück?", fragte Arnes nach einigen Minuten. Elin nickte nur lächelnd. Hand in Hand stapften sie durch den lockeren Schnee.

Nach kurzer Zeit gelangten sie bergabwärts in eine kleine Schlucht. Neben dem Weg floss ein Gebirgsbach beruhigend plätschernd über rund gewaschene Steine vor sich hin. Kleine Wasserfälle, die aus den Felswänden sprudelten, speisten den Bach mit glitzerndem Wasser. An kleinen Überhängen wuchsen bläulich und grün schimmernde Eiszapfen wie Bärte eines Eisriesen.

Elin blieb oft stehen, um die großen und kleinen Schönheiten und Wunder der winterlichen Natur in sich aufzusaugen. Auf einer kleinen Holzbrücke, deren Geländer auch mit Eiszapfen behangen war und nun den schon breiteren Gebirgsbach überquerte, blieb sie vor Arnes stehen und sagte, noch ganz versunken in das, was sie alles sah: „Danke, mein Freund

– du hast mir den Winter gezeigt und ich liebe ihn!" Arnes strich ihr eine Haarsträhne aus dem Gesicht und meinte: „Ich liebe den Winter genauso! Hier kommt alles zur Ruhe – hier können die Gedanken Stille finden und sich Seele und Körper wieder auf das Wesentliche einstimmen und diese kleinen, perfekten Augenblicke wahrnehmen."

Beide kamen nun, am Ende der Schlucht, auf eine große, schneebedeckte Bergwiese und tummelten sich darauf ausgelassen im Schnee! Elins erste Schneeballschlacht. Sie genoss es, sich einfach im Schnee zu wälzen und ihn dabei hoch aufzuwirbeln. Als sie wohlig erschöpft waren, förderte Arnes den Zeitkristall aus der Innentasche seiner Winterjacke zu Tage und berührte Elins Hand, um den nötigen Kontakt herzustellen. In einer funkelnden Wolke kleiner, leuchtender Eissternchen verschwanden sie und fanden sich augenblicklich in Arnes noch immer magisch verändertem Garten wieder.

Elin war überglücklich und japste noch völlig außer Atem: „Oh, wann zeigst du mir mehr?! Ich will so viel sehen und erleben, Arnes, und der Winter ist auf jeden Fall mein Freund!"

Igor hatte sich in den Garten geschlichen und streifte schnurrend um Elins und Arnes Beine. Elin ging vor Igor in die Hocke und kraulte ihn genüsslich hinter den Ohren und am Hals. Von diesen magischen Wesen hatte Elin bisher nur gehört, aber hier war es Liebe auf den ersten Blick!

Arnes war bewusst, dass für diese Nacht ihre Reise zu Ende sein würde, umarmte Elin herzlich und fragte: „Sehen wir uns in der nächsten Vollmondnacht wieder?", und Elin nickte mit vor Freude leuchtenden Augen. Elin verwandelte sich wieder in die kleinen, goldenen Funken, die sich auf alle Zeitblumen verteilten wie Blütenstaub, und verschwand. Nun sah Arnes` Garten wieder ganz normal aus. Die andere Dimension, die Dimension der Zeit, war nicht mehr sichtbar. Igor lag schnurrend auf der Fensterbank und war sehr zufrieden. Er hatte nun gleich zwei Freundinnen, Elka und Elin – na, welcher Kater hatte schon die Zeit selbst zur Freundin?!

Drittes Kapitel – Eigentlich sollte es der Sommer werden

Arnes hatte sich auf die heutige Vollmondnacht gut vorbereitet. Er saß am Fenster, betrachtete seinen wunderschönen Zeitkristall und dachte an Neliola – nein, er hatte sie niemals vergessen. In den langen Winternächten sehnte er sich nach ihr und begegnete ihr in unzähligen Träumen. In den kurzen Sommernächten, in denen es nicht wirklich dunkel wurde, fand er kaum Schlaf. Die Begegnung mit Elin hatte ihm seltsamerweise sehr geholfen und gut getan – er konnte jetzt gut und traumlos schlafen seit der letzten Vollmondnacht. In den selten auftretenden, kurzen Träumen begegnete Neliola ihm immer noch, nur lächelte sie ihm nun aufmunternd und liebevoll zu.
Igor schnurrte auf Arnes Schoß. Er war voller Vorfreude, Elin wiederzusehen – genauso ging es Arnes. Für diese Nacht hatte er sich vorgenommen, Elin den Sommer zu zeigen, mit all seinen kleinen und großen Wundern. Er ging hinunter in den Garten, der sich mit dem aufgehenden Mond schon langsam magisch verwandelte, weil die Elfe der Zeit sich anschickte, in seine Welt zu kommen. Die Blumen verwandelten sich und wurden zu den geheimnisvollen Zeitblumen mit den vielen Blütenknospen, die sich nun im Mondlicht langsam öffneten. Den Blüten entströmten nun wieder die kleinen, goldenen Funken, die sich zusammendrängten. Aus den Funken formte sich Elin in ihrer ganzen Schönheit direkt vor Arnes. Beide lagen sich sofort wortlos in den Armen und blieben so eine ganze Weile. Wärme und Geborgenheit durchströmten beide. Nach gefühlten Ewigkeiten flüsterte Arnes in

Elkas Ohr: „ Ich glaube, heute sollten wir uns den Sommer ansehen, Elin."

„Oh ja", nickte sie freudig und gab ihm sofort die Hand. Damit wurde der nötige Körperkontakt hergestellt, um gemeinsam mit dem Zeitkristall reisen zu können. Arnes zog den Zeitkristall aus seiner Westentasche und hielt ihn ins Mondlicht – er leuchtete neongrün. Arnes dachte an eine wunderschöne Sommerlandschaft mit Wäldern, Wiesen, Bächen, Seen und den Tieren, die dort beheimatet waren. Er drehte den Zeitkristall langsam in seiner Hand – er wurde farblos. Er drehte ihn noch weiter, bis er unsichtbar wurde und die Reise begann!

Die Welt um sie herum wurde wieder sichtbar, aber es war nicht der Sommer – es waren auch nicht die Menschenwelt, das *Nebenan* oder das Elfenreich. Arnes sah erschrocken auf seine Uhr mit den drei Zifferblättern und Zeitzonen dieser drei Welten. Alle Zeiger standen auf 12 Uhr. Das bedeutete, dass sie sich in einer völlig unbekannten Parallelwelt befanden. Nur eines hatte der Zeitkristall richtig gemacht, er hatte ihnen warme Winterkleidung gegeben. Es war nicht der Winter der letzten Reise. Er war düster, mehr als bitter kalt. Der kondensierte Atem sank sogar, allen physikalischen Gesetzen zum Trotz, in winzigen Kristallen zu Boden und knisterte dabei leise und hell. An den schneebeladenen Ästen der Bäume hingen mächtige Eiszapfen, die bläulich schimmerten. Außer dem leisen Knistern des Atems war es totenstill in dieser Welt. „Was ist nur passiert?", fragte Elin erschrocken mit weit aufgerissenen Augen, diese Welt betrachtend. „Ich weiß es nicht, sagte Arnes – ich habe jedenfalls an eine wunderschöne Sommerwelt gedacht!" Beide hielten sich noch bei den Händen und lösten den Kontakt auch nicht. Sie setzten sich langsam in Bewegung. Der Schnee unter ihren Füßen sank nur wenig ein beim Gehen, denn er war hart gefroren.

Sie kamen an einen Baum, unter dem mehrere tote, steif gefrorene, kleine Vögel lagen – ein sehr trauriger Anblick. Sie mussten einfach von der unsäglichen Kälte tot von den Ästen gefallen sein. Als sie sich der Stelle näherten, fiel gerade wieder so ein kleiner, sehr geplustert aussehender Vogel aus dem Baum auf den Schnee. Beide sahen, dass sich seine kleine Beinchen und Krallen noch zuckend bewegten. Elin nahm das kleine Tierchen behutsam vom Boden auf und barg es wärmend in ihren Händen. Sie spürte das kleine Herzchen des Vogels noch schwach schlagen. Elin nahm den zitternden Vogel, öffnete ihre warme Winterjacke, legte ihn vorsichtig in der Höhe ihres Herzens hinein und schloss die Jacke vorsichtig und locker, damit der Vogel noch atmen konnte. Elin ging nun weiter mit Arnes durch diese grausam kalte Winterlandschaft, vorbei an zugefrorenen Seen und vom vielen Schnee bereits umgestürzten Bäumen.

Elin spürte plötzlich, wie der kleine Vogel sich unter ihrer Jacke zu regen begann. Sie öffnete die Jacke so vorsichtig, wie sie sie vorhin verschlossen hatte, und hielt den Vogel nun in beiden Händen, der sie munter ansah und mit warmer, wohlklingender Stimme sagte: „Danke, dass du mich gerettet hast, Elin, *Elfe der Zeit*!" Elin wunderte sich nicht, dass der Vogel spre-

chen konnte, schließlich konnten viele Tiere im Elfenreich sprechen, daran war sie gewöhnt, aber das hier
war nicht das Elfenreich. Plötzlich fühlte sich Elin
ertappt, als sie den kleinen Vogel tatsächlich grinsen
sah. „Setz mich da vorne auf den Ast!", sprach der
Vogel. Elin tat es und der Schnee auf dem Ast begann
zu schmelzen, als der Vogel fortfuhr: „Als Vogel ist
mein Name Plust, aber heute spreche ich nur durch
Plust, der mir das freundlicherweise gestattet hat."
Der kleine Vogel begann ein wenig zu leuchten. Kleine Strahlen drangen aus seinem Gefieder. „Ja, ich bin
das *Licht* und habe dich, Elin, dabei ertappt, unerlaub-
te Ausflüge zu unternehmen – und du, Arnes, hast
Elin auch noch dazu angestiftet und ermutigt!" Elin
und Arnes schauten betreten drein, denn eigentlich
hätten sie es wissen müssen, dass ihre Reisen mit dem
Zeitkristall dem *Licht* nicht verborgen bleiben konnten, denn das *Licht* sah alles. Das *Licht* verbreitete um
sich herum Wärme. Elin und Arnes froren nicht mehr,
als das *Licht* durch Plust weitersprach:
„Was soll ich jetzt mit euch machen? Eigentlich müss-
te ich euch in diese Welt verbannen, aber ich habe
lange nachgedacht über dich, Elin – über dein Gefängnis in der Zeit! Es gibt für mich die Möglichkeit,
dich von der Zeit loszulösen. Somit wärst du frei, und
die Zeit würde trotzdem weiterfließen. Aber ich kann
das nicht einfach so tun. Ich erwarte auch etwas von
euch beiden dafür – ihr müsst zwei Situationen bewäl-
tigen, und von deren Ausgang kann ich es abhängig
machen, dich freizugeben, Elin! Und nun erlaube ich
euch, den Zeitkristall zu benutzen. Allerdings kommt
ihr natürlich wieder nicht an euern Wunschort, sondern an den Ort, an den ich denke! – Na los, fangt
an!"

Arnes wusste, dass es nur diese Möglichkeit gab, dieser Eiswelt zu entkommen und Elin zu helfen, denn das wollte er von ganzem Herzen! Er förderte den Zeitkristall zu Tage und begann ihn zu drehen. Diesmal machte es keinen Sinn, an einen Zielort zu denken, denn den hatte das *Licht* bereits festgelegt.

Viertes Kapitel – Seesterne

Arnes hatte den Zeitkristall gedreht, bis er unsichtbar wurde, und schon befanden sich Elin und er an einen langgezogenen Strand, an der Wasserlinie eines Meeres. Es musste Spätherbst sein. Ein heftiger Wind trieb graues Gewölk über den Himmel. Für passende Kleidung hatte der Zeitkristall wieder gesorgt. Arnes wusste plötzlich, dass sie sich auf einer Nordseeinsel befanden. Die vermeintliche Wasserlinie war der Rand eines sogenanntes Priels, welcher noch von einer großen Sandbank vom eigentlichen Meer getrennt war, denn es war gerade Ebbe.

Viele schöne Muscheln lagen dort auf dem Strand, und Elin war ganz fasziniert von den bläulich schimmernden Schneckenmuscheln, die dort zu Hunderten lagen. Sie nahm eine vom Boden auf und betrachtete sie genau. Plötzlich verwandelte sich die Muschel in einen noch lebenden Seestern. Auch davon war Elin fasziniert. Sie spürte aber, dass das Leben in dem Seestern nur noch schwach war. Als sie aufblickte, waren dort keine Muscheln mehr, sondern Tausende Seesterne, die auf dem Sand gestrandet waren und sterben würden, bevor die nächste Flut sie wieder mit ins Meer spülen würde.

Elin und Arnes sahen sich nur an. Beide wussten, was zu tun war, aber die Aufgabe schien unlösbar. Sie begannen Seesterne aufzuheben und ins rettende Wasser zu werfen. Aber Arnes wusste, dass der Strand insgesamt 17 Kilometer lang war, und überall lagen die sterbenden Seesterne. [2]

„Wie sollen wir das nur schaffen?", fragte Elin verzweifelt und Arnes entgegnete: „Wir allein können das nicht!" Sie blieben stehen. Plötzlich waren da viele Spaziergänger, die von beiden Seiten kamen und an ihnen vorbeigingen. Arnes hielt ein junges Paar an, erklärte ihm, was es mit den Seesternen auf sich hatte, und auch die beiden begannen Seesterne ins Wasser zu werfen. Die beiden wiederum sprachen auch andere Leute an und plötzlich hoben fast alle Seesterne auf. Die Nachricht verbreitete sich in beiden Richtungen. Einige wenige Leute ignorierten die Bitte mitzuhelfen, sie liefen einfach über die Seesterne hinweg und traten sie teilweise einfach in den Sand. Die meisten aber halfen, und so war die Aufgabe in weniger als zwei Stunden erledigt. Viele Menschen, die an diesem Nachmittag mitgeholfen hatten, gingen mit einem richtig guten Gefühl nach Hause.

Auf einem Holzpfosten, der im Sand steckte, saß der kleine Vogel Plust und sagte: „Niemand kann allein die Welt retten, aber viele zusammen können es! Und nun, Arnes, benutze wieder deinen Zeitkristall!" Arnes nahm Elins Hand und drehte den Kristall.

---

[2] Die Idee für dieses Kapitel ist keineswegs von der wunderschönen, nur achtzeiligen Geschichte von William Ashburne „Der Seestern" geklaut. Eine ähnliche Situation haben meine Frau und ich auf der Nordseeinsel Juist erlebt, an einem nachmittäglichen Heilig-Abend-Spaziergang am Strand. Auch wir haben hunderte von gestrandeten Seesternen wieder ins Wasser geworfen, damit sie weiterleben konnten. Das war viele Jahre, bevor ich die kleine Geschichte von Ashburne in einer Publikation eines Hospizvereins aus Lünen entdeckte.

Fünftes Kapitel – Du darfst nur einen retten!

Nun musste der Zeitkristall ganze Arbeit leisten. Es war warm, ein blauer Himmel zeigte nur wenige weiße Wölkchen. Elin und Arnes waren immer noch am Meer, welches in einem faszinierenden Grün-Blau leuchtete, an einem weißen Sandstrand. Sie liefen barfuß durch den warmen Sand und trugen Badekleidung. Es musste in einem entfernten südlichen Land der Menschenwelt sein, denn Arnes Uhr zeigte auf einem der Zifferblätter die Menschenweltzeit an. Es war früher Nachmittag.

Plötzlich hörten beide, weit vom Meer her kommend, zwei panische Stimmen, die um Hilfe riefen – eine männliche und eine weibliche Stimme.

Elin und Arnes konnte zwei Menschen weit draußen erkennen, ungefähr 200 Meter voneinander entfernt, die wild mit den Armen ruderten und nicht von der Stelle kamen. Auf einem Schild, das an einen Holzpfosten im Sand befestigt war, stand: „Vorsicht, starke Strömung! Baden verboten!" Auf diesem Schild saß der kleine Vogel Plust, sah die beiden erwartungsvoll an und sagte: „Seht ihr die beiden? Die junge Frau ist absichtlich in die gefährliche Strömung geschwommen, sie will ihrem Leben ein Ende bereiten und sie weiß, dass sie der Strömung nicht mehr entkommen kann – eine todsichere Methode! Und dann da vorne der alte Mann, er ist unbeabsichtigt in die Strömung geraten, er hatte dieses Schild übersehen. Auch er wird sterben! Nun bist du an der Reihe, Arnes – wen würdest du retten? – aber du darfst nur einen von beiden Menschen retten!"

Arnes war von den Worten des Vogels erschüttert – wie konnte er sowas Unmenschliches sagen? Plötzlich hatte Arnes ein kleines Paket mit einer noch nicht entfalteten Schwimmweste in der Hand. Plust nickte nur, steckte dann den Kopf in sein Gefieder und es sah so aus, als würde er einschlafen. Arnes handelte augenblicklich. Er legte, ohne dass es Plust merkte, Mittel- und Zeigefinger an seine Stirn, so dass Elin es sehen konnte – das war das Zeichen für Elfenmagie und Elin nickte wissend. Arnes spurtete ins Wasser und schwamm auf den alten Mann zu. Als er ihn erreichte, war der Mann fast am Ende seiner Kräfte. Arnes half ihm in die Schwimmweste, die sich nun automatisch mit Luft füllte. Dankbar gewann der Mann wieder neue Kräfte.

Am Strand lief Elin nun auch ins Wasser, aber nicht weit, nur um den für die Entfaltung der Elfenmagie notwendigen Körperkontakt mit dem Meer herzustellen. Augenblicklich begann die Magie zu wirken. Die tödliche Strömung ließ merklich nach. Arnes sagte den alten Mann: „Du kannst nun die junge Frau retten!" Er war so dankbar für seine eigene Rettung, dass er die 200 Meter zu ihr schnell durchschwommen hatte. Auch die junge Frau war am Ende ihrer Kräfte und geriet schon öfter unter die Wasseroberfläche. Der alte Mann hob sie etwas an und konnte sie dank der nun ganz fehlenden Strömung sicher an den Strand bringen. Dort dauerte es eine Weile, bis die Frau wieder zu sich kam und dabei eine Menge Wasser aushustete. Beide sahen sich glücklich an, genau wie Elin und Arnes, die nun, ohne die Regeln gebrochen zu haben, doch beide Menschen gerettet hatten.

Plust erwachte auf dem Schild und meinte schläfrig: „Na, da habt ihr mich ja ganz schön an der Nase herumgeführt!" Dann zwinkerte er zutraulich und fuhr fort: „Es gibt immer einen Weg! Und nun verwende wieder deinen Zeitkristall, Arnes!"

Sechstes Kapitel – Der Sommer

Zu ihrem grenzenlosen Erstaunen waren sie nun in der wunderschönen Sommerwelt herausgekommen, an die Arnes beim ersten Reiseversuch in seinem Garten gedacht hatte. Beide konnten es kaum fassen. Plust war auch dort und umflatterte sie fröhlich. Er setzte sich auf einen Ast und sagte bedeutungsschwanger: „Nun, Elin, *Elfe der Zeit*, wirst du deinen Titel verlieren und nur noch Elin sein, eine ganz normale Elfe, die tun und lassen kann was sie möchte!" Elin konnte es kaum glauben, aber das Licht, das durch Plust sprach, meinte es wohl ernst, denn plötzlich erstarrte alles um Elin und Arnes herum. Die Zeit blieb stehen, nur für die beiden nicht. Selbst Plust, der hochgeflattert war, stand mit angestrengtem Gesichtsausdruck wie angeschraubt über dem Ast in der Luft. „Ist wohl doch nicht ganz so einfach.", grinste Arnes, und nach ein paar Sekunden gab es einen kleinen Knall. Plust flogen explosionsartig ein paar Federn aus dem Gefieder und die Zeit lief ganz normal weiter.
„Ich habe fertig!", grinste Plust und schüttelte sich auf seinem Ast die losen Federn ab.
Elin merkte, dass etwas von ihr gegangen war – sie fühlte sich leicht, beschwingt und unendlich glücklich.
„Ich bin dann mal weg!", sagte Plust und man merkte sofort, dass Plust nun wieder ein ganz normaler, lustiger Vogel war, denn er zwitscherte fröhlich: „Ti… Ti… Tilaaaat!" Die Welt war nun für alle in Ordnung und Elin erlebte mit Arnes den Sommer, den Herbst und den Frühling mit all seinen Zaubern und Wundern. Es blieb aber dabei, dass Elin den Winter am meisten liebte.

Plust begleitete sie nun auf allen Reisen, und der Zeit-kristall versorgte auch Plust, falls erforderlich, mit passenden Kleidungsstücken. In den Winterwelten trug er warme Ohrenschützer und einen coolen Schal – das sah echt zum Piepen aus! ☺

Letztes Kapitel

Nach ihrer Rückkehr musste sich erst der Zeitzauber in Arnes' Garten auflösen. Elin, die nun nicht mehr die *Elfe der Zeit* war, stand Arnes auf der Blumenwiese mit den Zeitblumen im Licht des goldenen Mondes gegenüber. Kleine, goldene Funken näherten sich den beiden von allen Seiten und umschwärmten sie wie durch Magie angezogen. Sie setzten sich in ihre Haare, auf ihre Schultern, auf ihre Haut an den Händen und schwebten um Elin und Arnes herum. Elin legte vorsichtig und sehr zärtlich ihre Arme um Arnes Hals und sagte leise ganz nah bei ihm:

„Ich wollte mich für die wundervollen Erinnerungen bedanken, die mir Hoffnung und Sinn gegeben haben. Erinnerungen, die ich immer hüten werde! – Und ich möchte dir eine geben, die du hoffentlich auch hüten wirst."

Nach diesen leisen Worten küsste sie Arnes sanft. Und die Zeit, die nun losgelöst war von Elin, ließ, weil sie es konnte, sich selbst dabei stehen. Es war natürlich kein normaler Kuss. Elin übertrug Arnes alles Wissen des Elfenreiches, das sie nun plötzlich auch ihr Eigen nannte und schenkte ihm viele zusätzliche Lebensjahre, weil sie auch das konnte – Elfen können so etwas! Sie würden sich wiedersehen, auch dieses sichere Wissen ließ sie ihm. Sie wollte nur eine Weile ins Elfenreich reisen, um dort alle kennenzulernen, von denen sie schon so viel gehört, aber die sie niemals gesehen hatte.

Zur Mitternacht erblühten die Zeitblumen zum letzten Mal im Mondlicht. Arnes hatte niemals zuvor etwas Schöneres gesehen, außer Elin natürlich. Elin verwandelte sich in unzählige, winzige, goldene Funken, die sich auf alle Blüten der Zeitblumen verteilten. Es war der Blütenstaub der Zeit.

Arnes stand auf der wieder ganz normal aussehenden Blumenwiese hinter seinem Haus. Aber er war glücklich, denn er war nicht mehr allein und würde es nie wieder sein, denn die ehemalige *Elfe der Zeit* hatte ihm noch etwas dagelassen – den Schlüssel zu ihrem Herzen. Das tat sie als lebendige Elfe, denn auch sie hatte etwas Glück verdient. In jeder Vollmondnacht würde Elin sich mit Arnes treffen, um Reisen mit dem Zeitkristall zu unternehmen. Plust begleitete sie oft in die faszinierenden Welten. Obwohl er da ein ganz normaler kleiner Vogel war, hatten beide manchmal das Gefühl, dass das *Licht* bei ihnen war und sie beschützte.

Auch Elka und Eiki, Arnes' Sohn, bemerkten es, wenn Arnes nach einer solchen Vollmondnacht gut gelaunt und erfrischt freiwillig eine extra große Portion Rühreier für alle briet. Kater Igor sprang beim Frühstück auf Arnes` Schoß und bekam sofort einen heftigen Schnurranfall. Elin war auch öfter noch zum Frühstück dort – ja auch sie mochte Rührei, und Igor bestand auf einer extra Portion Kraulen hinter den Ohren.

Bonusmaterial

Noch ein paar kleine Gedichte[3] aus meiner Feder mit Vorwort:

Es gab eine Zeit, in der ich glaubte, nie mehr ein Gedicht schreiben zu können. Es war nicht etwa eine normale Schreibblockade – sowas kommt vor und geht auch wieder vorbei, wie eine Erkältung. Nein, es war schlimmer, es fehlte die Inspiration im Getriebe des Alltags. Dies zu erkennen, ist ein trauriger Moment, aber auch ein Moment, etwas Neues zu wagen. Nachdem ich den Roman „Elfenrose" geschrieben hatte und kurz darauf das Drehbuch dazu, nahm auch das Filmprojekt immer mehr Gestalt an. Unser ganzes Filmteam besteht aus wundervollen, kreativen und lieben Menschen. Diese Menschen kennen lernen zu dürfen, war mir eine große Ehre und ein großes Geschenk des Universums. Daraus haben sich Seelenfreundschaften entwickelt, die nicht von dieser Welt sind.

All diesen Menschen und allen, die uns bei der Verwirklichung des Projektes geholfen haben und noch helfen werden, denn wir sind ja noch mittendrin, sei dieses kleine Büchlein gewidmet.

Meine Gedichte entsprechen keiner bestimmten Form und sind deshalb vielleicht auch gar keine. Ich nehme mir Eigenheiten heraus: Jede Zeile beginnt mit einem Großbuchstaben und Satzzeichen kommen fast nicht vor – vielleicht aber ein paar perfekte Augenblicke. ☺

---

[3] Der Gedichtband dazu ist noch in Arbeit.

Als ich lernte den Regen zu lieben

Kalter Regen
Vierundzwanzig Stunden lang
Wir schnappen Sprachfetzen auf
Bei unserer Wanderung durch die Stadt
Fast alle handeln vom scheußlichen Wetter
Wir lächeln nur darüber
Denn wir spüren den Regen nicht
Wir reden über alles was uns bewegt
Das Wetter kommt nicht dabei vor
Wir erzählen uns gegenseitig
Unsere Welt
Es ist einfach nur wundervoll
Dem Anderen wirklich zu begegnen
Ihn zu sehen
Sich einfach gut zu tun
Wir brauchen keinen Schirm
Wir bekommen eine Erkältung – egal
Das ist es wert!
Vierundzwanzig Stunden
Von denen wir lange zehren
Gerade dann
Wenn wir den Regen mal spüren
Und trotzdem lächeln ☺

Elfenmagie

Manchmal, wenn es ganz still ist
Und eine Elfe ganz versunken ist
In einem Traum
Einem Traum von Licht
Wärme, Liebe, Frieden
Und Herzlichkeit für alle Wesen
Dann kann man
Wenn man ganz genau hinsieht
Und denselben Traum
Im eigenen Herzen trägt, sie sehen
Die kleinen goldenen Funken
Der Elfenmagie ☺

Das Licht

Das Licht ruhte in sich selbst
Es war Alles
Trotzdem hatte es Sehnsucht
Es wollte kreativ sein
Es träumte von
Musik
Gesang
Tanz
Bewegenden Worten
Herzenswärme
Hilfsbereitschaft
Aufrichtiger Freundschaft
Wahrer Liebe
All dies war das Licht
Es gab Feuer, Wasser, Erde, Luft
Aber es ging nichts
Es bewegte sich nichts
Das alles wollte nicht herauskommen
Es fehlte noch etwas

Das Licht hatte einen Traum

Und es erschuf die Zeit

Du bist ganz allein

Du weißt es vielleicht noch nicht
Aber du solltest es rechtzeitig wissen
Wenn es dir echt nicht gut geht
Bist du ganz allein
Das glaubst du nicht?
Du wirst dann unsichtbar

Wir haben manchmal
Realitätsfremde Annahmen

Erwarte niemals irgendetwas
Dann geht es dir schon viel besser

Wer dich dann aber wirklich sieht
Weil da was Unbeschreibliches ist
Dann solltest du diesen Menschen
Auch sehen
Andere werden dann unsichtbar

Und dann solltest du deine
Kontaktliste überprüfen
Für wen warst du unsichtbar?
Das wird viel Speicherplatz freigeben!
Für Menschen
Die mit dem Herzen sehen
Denn die gibt es tatsächlich!

Keine Zeit

Wie oft sagen wir das?
Ich habe keine Zeit!

Trotzdem glauben wir
Für alles genug Zeit zu haben!

Das stimmt aber nicht!
Wir sind alle endlich!
Das wissen wir eigentlich auch.

Wenn nun deine Lebenszeit
Bedingt durch eine Krankheit
Nochmals beschnitten wird
Musst du die Nerven behalten.

Nimm jeden Tag
Als Geschenk
Und fülle ihn mit
Sinnvollem Leben!

Nimm alles mit
Was dir Freude bereitet
Und meide Leute
Die dir nicht guttun
Denn dafür hast du dann wirklich
Keine Zeit!

Der grüne Zeitkristall

Der grüne Zeitkristall aus der Geschichte um Elin und Arnes ist nicht einfach so erfunden. Manchmal hat man ja sehr real erscheinende Träume, in denen man zwar weiß, dass man träumt, aber alles sehr deutlich sieht und relativ frei handeln kann. Ich hatte vor nicht langer Zeit einen solchen Traum. Ich befand mich in einem fernen, fremden Land in einem Laden, in dem es die kuriosesten Dinge zu kaufen gab. In einem Glasregal sah ich also diesen grünen Zeitkristall. Er war von besonderer Schönheit und einer nie zuvor gesehenen Klarheit. Ich war fasziniert, nahm ihn aus dem Regal und ging damit zu dem alten Mann hinter einer Theke, um ihn zu bezahlen. Ich stellte sogar fest, dass der Kristall beim langsamen Drehen farblos wurde. Diesen Kristall musste ich einfach haben! Ich stellte dann fest, dass meine Geldbörse nicht da war – also kein Bargeld, keine Kreditkarte! Ich erwachte höchst unzufrieden, war aber beruhigt, denn ich hätte auch mit Geld im Traum den Kristall nicht mit in meine Welt nehmen können.

Aber es musste diesen Kristall irgendwo geben! Da war ich ganz sicher! Ich fand ihn nach einer Stunde Suche im Internet und bestellte den Kristall selbstverständlich. Er war nicht ganz so klar und perfekt wie im Traum, kam dem Traumkristall aber erschreckend nahe! Da er aus China kommt, hatte er natürlich eine recht lange Lieferzeit und ich hoffe, dass ich ihn wirklich erhalte. Als ich diese Zeilen schrieb, war er noch nicht bei mir eingetroffen.[4]

---

[4] Der Kristall ist mittlerweile eingetroffen – er ist wunderschön!

Ich werde ihn dann fotografieren und in das Titelbild dieses kleinen Büchleins einbauen.

Manchmal gibt es Dinge, die scheinen nicht von dieser Welt zu sein, sie sind es dann aber doch. ☺ Trotzdem ist es wundervoll, sich von der Fantasie in fremde Welten tragen zu lassen, und sei es nur für ein paar Seiten in einem kleinen Büchlein.

Eine gute Zeit wünscht Ihnen von Herzen

Theo Gremme

Zeit wird erst spürbar, wenn sie stillsteht
Gedichte über perfekte Augenblicke

Entstanden sind diese Gedichte in einem Zeitraum von fast 30 Jahren. Gedichte sind für mich sehr kurze Geschichten, die in wenigen Zeilen alles zum Ausdruck bringen wollen und müssen, was sie zu sagen haben. Das ist manchmal ganz einfach und manchmal unendlich schwer. Einfach ist es in perfekten Augenblicken, in denen alles klar vor einem liegt. Diese Momente sind selten und daher sehr kostbar. Sehr schwer ist es, wenn es keine Worte gibt für das, was man sagen will. Ist aber nicht der Dichter Erschaffer von Worten?

ISBN: 9783738616156
Preis: 4,99 €
Paperback, 48 Seiten, Format 12 x 19 cm
Dieses Buch ist auch als e-book erhältlich zu einem Preis von 3,99 €.
ISBN: 9783739278223
Mehr Infos unter: www.theo-gremme.de

Siamsarah und die Kristallflöte
Kurzgeschichten

Erfahren Sie, was die Welt in ihrem Innersten zusammenhält! In Fantasy-Geschichten ist das natürlich ganz anders, als Sie möglicherweise gedacht haben. Siamsarah, die Elfe der Morgendämmerung, hütet dieses schöne und schreckliche Geheimnis.
Eigentlich sollte es nur eine kleine Kurzgeschichte werden, aber die Gäste auf unseren Lesungen wollten, dass es weitergeht, und so sind im Laufe der Jahre diese elf Geschichten entstanden, die in keine Schublade passen.
Was Sie für dieses Buch brauchen: ein bequemes Sofa, nervenberuhigende Getränke und Sinn für teilweise megaschrägen Humor, Fantasie, aber auch hoffnungslose Romantik. Es wird spannend und tiefgründig, wenn Theo Gremme Sie in die Welt von Siamsarah und all den anderen Wesen ihres Elfenreiches entführt.

Das wunderschöne Buchcover erschuf die Künstlerin
Natalija Usakova.

ISBN: 9783734752247
Preis: 9,99 €
Paperback, 280 Seiten, Format 12 x 19 cm
Dieses Buch ist auch als e-book erhältlich zu einem Preis von 7,99 €.
ISBN: 9783738678932
Mehr Infos unter: www.theo-gremme.de

Traumgeister des Grenzlandes
Kurzgeschichten

Was Sie für dieses Buch brauchen: ein bequemes Sofa, nervenberuhigende Getränke und Sinn für teilweise megaschrägen Humor; Fantasie, aber auch hoffnungslose Romantik. Es wird spannend und tiefgründig, wenn Theo Gremme Sie in die Welt seiner Fantasy- und Schmunzelhorrorgeschichten, seiner Kurzkrimis und Liebesgeschichten entführt.

ISBN: 9783734768620
Preis: 9,99 €
Paperback, 144 Seiten, Format 12 x 19 cm
Dieses Buch ist auch als e-book erhältlich zu einem Preis von 7,99 €.
ISBN: 9783738697308
Mehr Infos unter: www.theo-gremme.de

Siamsarah
Die Elfe der Morgendämmerung

Sie ist die Elfe der Morgendämmerung und muss einmal im Jahr ihre Flöte spielen, damit die Welt weiter in ihrem Innersten zusammen gehalten wird. Doch Siamsarahs Instrument ist zerbrochen, weil sie schreckliche Dinge in unserer Welt sah. Helfen könnte ihr nur ein Menschenwesen, wenn es dazu bereit wäre.
Diese spannende Fantasy-Geschichte von Theo Gremme wurde von Robin Jähne verfilmt. So entstand ein Genuss für alle Sinne.

45 Minuten
DVD: 14,00 €
BluRay/VHS: 19,00 €
Erhältlich bei: www.robinjaehne.de
Robin Jähne ist auch bei Wikipedia zu finden.

Ta`Saghi
Zeit wird erst spürbar, wenn sie stillsteht

Ein audiovisuelles Hörbuch von Robin Jähne nach einer Fantasy-Geschichte von Theo Gremme um eine alte indianische Legende.
Sie handelt von Liebe, Magie und dem Zauber, den Menschen seiner Bestimmung zu finden.
Kulisse ist die Natur um die einzigartige Felsgruppe der Externsteine in Ostwestfalen-Lippe.

40 Minuten
DVD: 12,00 €
Erhältlich bei: www.robinjaehne.de
Robin Jähne ist auch bei Wikipedia zu finden.

Elfenrose
Am Ende der Zeit
Kurz-Fantasy-Roman

Eiki, der alles über das Elfenreich herausfinden will, lebt in Island, dem Land der Elfen und Trolle. Viele Menschen glauben hier an die Existenz dieser Wesen. Eiki hat schon lange den Verdacht, dass Elfen als Menschen getarnt in Island leben und er hofft, das mit der wunderschönen Elka, in die er schon lange heimlich verliebt ist, herausfinden zu können.

ISBN: 9783741238260
Preis: 5,99 €
Paperback, 100 Seiten, Format 12 x 19 cm

Dieses Buch ist auch als e-book erhältlich zu einem Preis von 3,99 € (ISBN: 9783741268823).

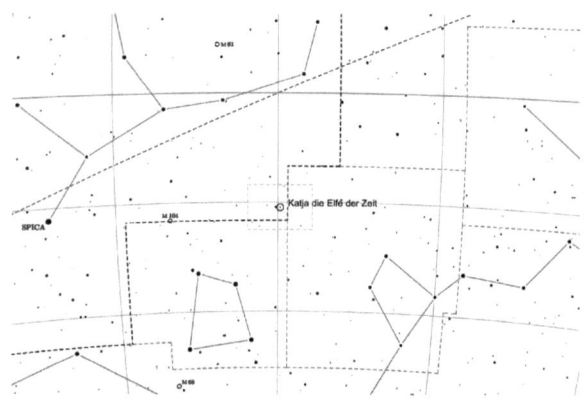

Als kleines Dankeschön für unsere *Elfe der Zeit* im Film *Elfenrose* und den unermüdlichen Einsatz als Kameraasistenz, Ton und vieles mehr! Möge ihr Stern in der Dunkelheit ein Licht der Freude sein!

PPM 225208 Serial Number of Star in PPM
HD104078 Henry Draper Catalog Designation
157028 SAO Catalog Designation
TYC 5521-486-1 = TYCHO2 Catalog

Sternbild:	Jungfrau (Virgo)
Stern:	PPM 225208
Taufpate:	die Elfenrosen
Taufname:	Katja die Elfe der Zeit
Taufdatum:	31.10.2017
Helligkeit:	6.4m
Spektralklasse:	K2
Position-RA:	11h 59m 09.36s
Position-DE:	-10° 28' 33.24"
Photographic Magnitude	6.4
Sternwarte	Gahberg